**Edition Historische Romane
Friedrich Meister**
Hrsg. Peter M. Frey

Im schwarzen Fleet ist der vierte Band aus der Reihe der neu gefassten Erzählungen von Friedrich Meister. In der Neufassung nimmt Peter M. Frey leichte Veränderungen am Originaltext vor, die der Lesbarkeit und der Übertragung in die heutige Zeit geschuldet sind. Ziel ist es, den Charakter des Originals so weit wie möglich zu erhalten. Der Band enthält zwei Erzählungen.

Peter M. Frey arbeitet als freier Journalist und Autor in Süddeutschland.

Im schwarzen Fleet

Zwei Erzählungen von Friedrich Meister

Neufassung und Digitalisierung von Peter M. Frey

Im schwarzen Fleet
Zwei Erzählungen von Friedrich Meister
Neufassung und Digitalisierung von Peter M. Frey

Friedrich Meister

Friedrich Meister wurde 1848 in Baruth in Brandenburg geboren und starb 1918 in Berlin. Er war ursprünglich ein Seefahrer der alten Schule. Zu seiner Zeit wurde der überseeische Handelsverkehr zum größten Teil noch durch Segelschiffe besorgt. Auf solchen Segelschiffen fuhr Friedrich Meister zehn Jahre lang durch alle Meere - die Polarmeere ausgenommen - und bei Sonnenschein und Sturm erlebte er manches Abenteuer. Dabei lernte er fremde Länder und Völker kennen. Er bereiste China, Siam, Japan und den Südsee-Archipel bis zur Küste von Neu-Guinea und nördlich davon, die Philippinen. Er war in Westindien, Nord- und Südamerika, England, Italien und Griechenland. Er sah die „Sultanstadt am Goldenen Horn", das heutige Istanbul, und die Westküsten des Schwarzen Meeres. In Japan erkrankte er an einem Augenleiden, das ihn schließlich dazu zwang, den Seemannsberuf aufzugeben. An Land wusste er zunächst nicht, wovon er leben sollte. Er versuchte dies und das und gelangte schließlich zur Schriftstellerei. Friedrich Meister ist Autor zahlreicher Jugendbücher.

Aus dem Vorwort von ‚Burenblut'

Inhalt

Friedrich Meister 5

Im schwarzen Fleet 9

Die schwarze Kuppe 41

Worterläuterungen 63

Im schwarzen Fleet

Henry Lubau war noch vor wenigen Jahren der berühmteste und bekannteste Vertreter der Goldjugend in der alten Freien und Hansestadt Hamburg. Er gehörte zu derjenigen Klasse reicher und unabhängiger junger Männer, die in keinem anderen Teil unseres Kontinents so eigenartig gedeihen, wie gerade auf dem Boden der mächtigen und blühenden Seestadt. Man findet in ihr weder die blasierte Übersättigung der jungen ‚Löwen‘ der in allen Torheiten tonangebenden Seine-Stadt, noch die Überhebung des Nachwuchses der Geld- und Adelsaristokratie der Reichshauptstadt an der Spree.

Der reiche junge Hamburger hat in seinem Wesen einen sehr bemerkbaren internationalen Zug; seine Vorfahren sind handeltreibende Schiffsreeder gewesen, die einen großen Teil des Weltmarktes beherrschten und wohl auch Besitzungen in überseeischen Ländern erworben hatten. Er hat seine Jünglingsjahre, nachdem er eine der hohen Schulen seiner Heimat durchlaufen hat, teils auf weiten Reisen zu Land und zu Wasser, teils in den Kontoren befreundeter Kaufherren in Brasilien, in Chile oder Bolivia, in China, Japan oder Ost-Indien zugebracht und ist dann, gebräunt von der Sonne heißerer Zonen und gereift an Charakter und Anschauungen, in die Vaterstadt zurückgekehrt, um entweder der jüngere Chef des väterlichen Handelshauses zu werden oder sein Erbe anzutreten und ‚vorläufig‘ nach einer arbeitsvollen Jugendzeit ein wenig den müßigen Mann zu spielen.

Zu den letzteren gehörte Henry Lubau. Er stammte aus einer der ältesten Patrizierfamilien, die in den Zeiten der Blüte des Hansabundes der nordischen Meereskönigin manchen kriegerischen Admiral, manchen ehrenhaften Senator und sogar einen Bürgermeister geschenkt hatte.

Es rollte edles Blut in seinen Adern, sonst hätte er das auch nicht vollbringen können, was in dieser Geschichte der Mit- und Nachwelt erzählt werden soll. Von Geschlecht zu Geschlecht hatten Glück und Verdienst immer neue Ehren und Reichtümer auf die vornehme Familie Lubau gehäuft; Henry war der jüngste und einzige männliche Spross der Familie, und auf ihn kann das Wort angewendet werden, dass der wärmste Sonnenschein die beste und würzigste Frucht zeitigt – allerdings auch das schnödeste Unkraut.

Henry Lubau aber war eine auserwählte Frucht von einem auserwählten Stamm. Das wusste nicht nur die gesamte Patrizierwelt des großen Hamburger Stadtgebietes, das wusste auch ganz besonders der Salanganen-Klub.

Wer hätte nicht vom Salanganen-Klub gehört? Zur Zeit dieser Geschichte zählten die besten der jungen, vornehmen Söhne Hamburgs zu seinen Mitgliedern, und Henry Lubau war sein Mittelpunkt und Lebensnerv, er, dessen Antlitz, wie die ‚Salanganen‘ meinten, dem großen britischen Reiche glich, weil es zu keiner Tages- und Nachtzeit des Sonnenscheins entbehrte. Sein stets heiteres Gemüt, seine Liebe zur Geselligkeit, seine feinfühlende Teilnahme für jeden Menschen der mit ihm in Berührung kam, sein schnelles Verständnis für die guten Seiten anderer, das alles hatte ihm die unbestrittene Herrschaft über die gesamte Hamburger vornehme Gesellschaft erworben, und das will in den Kreisen der vornehmen Handelsfürsten etwas bedeuten.

Henry war damals, zur Zeit der höchsten Blüte des Salanganen-Klubs, etwa dreißig Jahre alt. Junge Lebemänner gründen einen solchen Klub nicht, um einander moralische Vorlesungen zu halten oder der Mäßigkeit einen Altar zu errichten. Sie kommen zusammen um des geselligen Vergnügens willen, um miteinander zu essen, zu trinken, zu rauchen und zu plaudern. Henry trank nie viel, er verlor unter keinen Umständen seine Selbstbeherrschung; aber es gab unter den Mitgliedern des lebensfrohen Klubs manchen jungen Mann, dem der Verkehr in den eleganten Räumen ebenso verderblich wurde, wie der Motte das Licht.

Einer dieser armen Teufel, die sich fortwährend die Flügel verbrannten, war der blondlockige und blauäugige Redakteur des ,Alsterbootes', eines modernen Sportblattes. Er hieß Hans von Appen und alle seine Freunde glaubten fest an seine Fähigkeiten und zweifelten nicht an seiner großen Zukunft. Sein Schriftstellername war ,Baron Bertram', und fast nur so wurde er auch im Klub genannt. Er hing mit leidenschaftlicher Liebe an Henry Lubau und betrank sich an jedem Klubabend bis zur Bewusstlosigkeit. Er verschwendete alles was er hatte und alles was er einnahm; sein Äußeres wurde schäbig. Er entnahm von Henry, der eine allezeit offene Hand hatte, Darlehn auf Darlehn, bis er endlich ehrenhalber nichts mehr borgen durfte.

Um das Maß seines Elends voll zu machen, hatte er erst kürzlich geheiratet; er fühlte seine Schmach so tief, dass er nun noch mehr trank, um wenigstens zeitweilig zu vergessen. So wurde sein Ruin vollständig. Er verschwand aus dem Salanganen-Klub als auch aus der Redaktion des ‚Alsterbootes‘ und aus der guten Gesellschaft im allgemeinen und fristete zuletzt sein Leben und das seiner Frau und seines Kindes, soweit er für die letzteren Brot und für sich Branntwein brauchte, durch untergeordnete Beiträge, zumeist Mord- und Schauergeschichten, für gewisse sensationsbedürftige Blätter, die ihre Leser hauptsächlich im Hafenviertel und in der Nordstadt Sankt Pauli suchten.

Aber auch zu den angegebenen Bedürfnissen hätte der Ertrag seiner Leistungen nicht hingereicht, wenn diese Arbeiten nach ihrem wahren Wert bezahlt worden wären. Henry Lubau hielt noch immer seine Hand über dem Gesunkenen. Er hatte seinen Freund Paul Dryander abgesendet – er pflegte seit langer Zeit alle seine Missionen verborgener Nächstenliebe durch Paul Dryander ausführen zu lassen – um auszukundschaften, wo der Baron Bertram seine Artikel verkaufte, und so wurde das Honorar für jede Arbeit auf Henry Lubaus Rechnung verdoppelt.

Paul Dryander war entfernt verwandt mit Henry Lubau, ein stiller, zurückgezogen lebender Mensch von dreiunddreißig Jahren, der in Kiel Theologie studiert hatte. Der Unterschied zwischen ihm und Henry konnte nicht größer sein als er war. Henry beherrschte ganz die Verhältnisse der guten Gesellschaft; sein Gefühl sagte ihm untrüglich, wie ein Ding angefasst werden müsste, und sein Beispiel hatte in den feinen Kreisen Gesetzeskraft. Er war ein Mann von Welt, wie er vollkommener nicht gedacht werden kann. Dryander dagegen fürchtete sich fast vor seinem eigenen Schatten, und in dem Verkehr mit der Gesellschaft sah er nichts als eine fortlaufende Kette der peinlichen Verlegenheiten für seine Person. Ab und zu hatte er Henry in den Salanganen-Klub begleitet, aber nur mit äußerster Selbstüberwindung. Das Klubleben gefiel ihm nicht; wenn es auch für manchen gefahrlos war und blieb, so gingen wieder andere rettungslos daran zugrunde; das beobachtete er sehr bald. Er erklärte deswegen seinem Freund in dieser Beziehung offen seine Missbilligung und seinen Widerwillen.

Trotz seines ruhigen, beinahe scheuen Wesens war er ein Mann von unerschütterlicher Charakterstärke. Kurz vor dem zweiten Examen stehend, hatte er plötzlich den Entschluss gefasst, die Theologie als Beruf aufzugeben. Er meinte, er könnte seinen Mitmenschen mehr nützen, wenn er mitten unter ihnen bliebe, als in den ,klerikalen Schranken', wie er es nannte, und von der hohen Kanzel aus. Er besaß ein kleines Vermögen, das ihm eine bescheidene Rente gewährte, und so mietete er sich eine Junggesellenwohnung im schwarzen Fleet, einer der längsten, finstersten, unheimlichsten und übelberufensten Gassen des alten Hamburg. Hier widmete er sich und seinen weltlichen Besitz gänzlich den körperlichen und geistigen Bedürfnissen seiner Nachbarn; er kletterte himmelhohe, finstere und wacklige Treppen empor, und stieg in dumpfe, moderduftende Keller hinab. Jetzt redete er sanft und ernst mit der dicken Wirtin einer Schnapsschänke, dann wieder sprach er rührende und erhebende Worte an der ins Haus geschafften Leiche eines im Trunk verunglückten Schiffsschauermannes. Die Pastoren fragten nicht nach ihm, und er wiederum meinte, dass das Finden einer neuen Auslegung zu einer Stelle in irgend einem alten Kirchenvater nicht zum hundertsten Teil so fesselnd und befriedigend wäre, wie das Ausgraben einer Menschenseele aus dem Schlamm und Schmutz des schwarzen Fleets.

Dabei fehlte es ihm niemals an Mitteln bei der Ausübung seines selbstgewählten Berufs. Henry Lubaus großes, in den besten Unternehmungen angelegtes Vermögen warf überreiche Zinsen ab und der junge Mann verstand zu geben.

Es war vor einigen Jahren am Abend des ersten Dezember. Henry Lubau saß, in einen kostbaren türkischen Schlafrock gehüllt, in seinem bequemen, aus Jacaranda-Holz kunstvoll geschnittenen Lehnstuhl vor dem großen runden Tisch seines Bibliothekszimmers und wartete auf Paul Dryander, der gewöhnlich an diesem Monatstag kam, um sich die von Henry zu wohltätigen Zwecken bestimmte, immer auf vier Wochen berechnete Summe zu holen. Henry richtete es stets so ein, dass er an diesem Abend keine gesellschaftlichen Verpflichtungen hatte.

Die beiden alten Freunde, deren Lebenswege so weit auseinander gingen, freuten sich immer herzlich auf dieses Beisammensein und Paul hatte oft erklärt, dass er diesen einen Abend im Monat sehr notwendig brauche, um etwas von Henrys Sonnenschein hinaustragen zu können in die Finsternis des schwarzen Fleets. Henry dagegen behauptete, dass Paul stets mehr Sonnenschein mitbrächte, als er mitnehmen könnte; und damit mochte es wohl auch seine Richtigkeit haben. Denn der junge Millionär hatte in den letzten Jahren doch manche seiner

Vollkommenheiten eingebüßt, wie es allen solchen Leuten zu gehen pflegt, deren Leben des bestimmten Zwecks entbehrt; auf seinen edlen Zügen zeigten sich zuweilen Schatten, die man früher niemals wahrgenommen hatte. Seine Rede aber und sein Wesen waren noch so bezaubernd, wie je zuvor.

Es war eine merkwürdige Tatsache, dass Dryander niemals versucht hatte, seinen Freund zu bewegen, das müßige, in vielen Beziehungen doch so durchaus eigennützige Leben aufzugeben und in Bahnen einzulenken, die für ihn selbst und für seine Mitmenschen ersprießlicher wären. Aber es dauerte immer eine Weile, ehe er jemandem persönlich auf den Leib rückte. Gerade hierin lag das Geheimnis seiner Erfolge unter den Armen und Verkommenen; er konnte zwanzigmal mit einem Sklaven diesen oder jenen Lasters zusammenkommen, ohne den betreffenden wunden Punkt zu berühren; dann aber, wenn der Andere das am wenigsten erwartete, erfolgte der Angriff und die fast immer widerstandslose Überrumpelung. Und wenn er einen solchen Menschen erst einmal gefasst hatte, dann gab er seine Beute unter keinen Umständen wieder auf.

An diesem Abend des ersten Dezember also traf er wieder pünktlich bei seinem Freund ein und saß nun in dem vornehmen Gemach und lauschte den Erzählungen Henry Lubaus aus Lebenskreisen, die denen, in welchen er zu verkehren und zu wirken hatte, durchaus antipodisch waren. Unsere Antipoden wohnen nämlich nicht nur auf dem uns entgegengesetzten Punkt der Erdkugel, sondern meist schon ganz in unserer Nähe, vielleicht sogar um die nächste Straßenecke. Er lauschte aufmerksam und lächelte über die mit unnachahmlicher Schärfe und mit treffendem Witz gezeichneten Skizzen, die Henry ihm vorführte, bis die silberne Glocke der Stutzuhr auf dem Schreibtisch die Mitternachtsstunde verkündete.

Jetzt schickte er sich an, den Freund wieder zu verlassen und sich zurückzubegeben in sein, inmitten der lärmenden Matrosen- und Arbeiterschenken des schwarzen Fleets liegendes, ärmliches Heim.

Henry nahm sein Scheckbuch aus der Schublade, beschrieb eine Seite darin, riss den Bankzettel ab und händigte ihn Paul Dryander aus.

„Ich muss diesmal mehr haben, Henry", sagte Paul in seiner ruhigen, ernsten Weise, indem seine grauen Augen fest in die blauen seines Freundes blickten.

„Hast du diesmal mehr brot- und feuerungsbedürftige Witwen aufgestöbert als sonst?", scherzte Henry. „Wie viel soll's denn sein, alter Junge? Das Doppelte? Sag' nur, was du willst. Einem so guten Engel wie dir würde ich die Hälfte meines Vermögens anvertrauen. Was ich sonst ausgebe und verschwende, gewährt mir nicht den zehnten Teil der Freude und Befriedigung, die mir aus dem erwachsen, was ich dir gebe. Wenn ich zum Beispiel in der Oper sitze und das Gestreich der Signora Scrarchioli höre, dann kommt mir im Stillen der Gedanke: Um diese Zeit geht Paul aus und steht mit meinem Geld dem oder jenem armen Schlucker in seinen Nöten bei. Auf diese leichte und angenehme Weise verschaffe ich mir ein gutes Gewissen. Hier, Paul, ist ein anderer Zettel über das Doppelte, gib mir den ersten wieder."

„Ich brauche aber noch mehr, Henry." Der Blick Dryanders wurde so seltsam bohrend, dass der andere sein heiteres Gleichgewicht beinahe ein wenig erschüttert fühlte, eine Empfindung, die ihm ganz neu und fremdartig vorkam.

„Von Herzen gern, Paul. Wie viel denn? Nur heraus mit der Sprache, bester Junge! Ich habe dir ja gesagt, dass dir die Hälfte meines Erdenbesitzes zur Verfügung steht."

Dabei griff Henry Lubau wieder zur Feder und begann einen neuen Bankzettel zu datieren.

„Fast fürchte ich mich, dir meine Bitte vorzutragen, Henry", entgegnete Paul Dryander ruhig. „Ich brauche mehr als die Hälfte deiner Besitztümer, mehr als alles, was dein ist."

„Du machst mich in der Tat neugierig; so habe ich dich noch nie gesehen, Paul", sagte Henry. Dann nahm er ein Stück Papier, faltete es zu einem Fidibus, hielt denselben über den Zylinder der Gaslampe und zündete damit bedächtig und anmutig seine Zigarre an, indem er dadurch die Unruhe zu verbergen suchte, die der schwermütig forschende Blick des Freundes in ihm erweckt hatte.

Obgleich Dryander, wie bereits erwähnt, in allen Dingen, die das gesellschaftliche Leben anbetrafen, in hohem Grad furchtsam und unruhig war, so zeigte er doch starke moralische Kraft, wenn es sich um geistige Dinge handelte. So saß er auch jetzt und sah Henry unverwandt an, bis dieser seine Zigarre angezündet, den Fidibus auf den bronzenen Aschbecher gelegt, dann den Brand des duftenden Krautes eine Weile beobachtet und endlich zögernd seinen Blick wieder zu den ernsten, grauen Augen erhoben hatte, die keinen Augenblick ihren schwermütig forschenden Ausdruck verloren.

„Ich brauche dich selber, Henry."

Jetzt brach Henry in ein lautes, fröhliches Gelächter aus. „Mich, Paul? Meiner Treu, ich würde einen schönen Missionar abgeben! Hahaha! Ich hätte doch geglaubt, dass du mich richtiger kennst. Wenn ich überhaupt Talent habe, dann nur für eins, für die Gesellschaft. Ich bin bis ins innerste Mark ein Mann von Welt weiter nichts – allerdings wenig genug; aber auf deiner erhabenen Spur vermöchte ich dir nicht zu folgen. Ich gäbe übrigens viel darum, wenn ich so gut sein könnte, wie du es bist; allein ich bin nun einmal nicht danach gebaut. Ich bin ein Weltkind und wirklich weiter nichts."

„Gerade als solches brauche ich dich", sagte Paul, noch immer mit demselben, zärtlichen, schwermütig forschenden Blick in des Freundes Auge blickend. „Wenn ich einen Missionar haben wollte, dann wäre ich schwerlich zu dir gekommen, aber ich brauche einen Mann von Welt für das schwarze Fleet. Du bist ein solcher, ein Mann für alle Welt. Ich habe gesehen, wie ein Kohlenträger, den du bezahltest, über deine Art und Weise in Entzücken geriet und dir wie einem höheren Wesen nachstarrte. Henry, du bist der großartigste Mann von Welt, den es geben kann. Hast du als solcher das Recht, ein fast nutzloses Leben zu führen? Ich fordere dich von dir selbst für den Dienst Gottes und für den Dienst an meinen Elenden im schwarzen Fleet und ich sage dir, dass ich dich eines Tages haben werde."

Die sichere Fertigkeit, mit der er diese Worte sprach, und die unerschütterliche Überzeugung, die dabei in seinen ruhigen, grauen Augen lag, woben einen Bann um Henry Lubau, so dass es dem Weltmann schwer wurde, seine Unbefangenheit aufrecht zu erhalten. „Ich will dir etwas sagen, Paul", begann er nach einer Pause. „Ich fühle keine Berufung zu dem Ding. Ich bin Epikureer. Höre mir zu. Vor kurzem habe ich einige Verse gelesen, deren Inhalt mir im Gedächtnis geblieben ist. Es handelte sich um jemanden, der den vollen Strom seines Lebens nicht eindämmen und in einen stagnierenden Pfuhl verwandeln, auch dessen Kraft er nicht prosaisch und systematisch zu einem eintönigen Tagwerk zwingen mochte. Frei wie ein Bergwasser wollte er dahinstäuben, durch frische Matten fließen, von denen duftige Blumen ihm winkten, und wenn er endlich, am Abgrund angelangt, jäh in die Tiefe stürzen musste, dann sollte hoch über seinem Fall ein Regenbogen schimmernd emporsteigen. Ähnlich, glaube ich, habe ich zuweilen selbst gedacht."

„Henry", entgegnete Paul Dryander, „ich will dir keinen Sermon halten; denn du selbst weißt sehr wohl, dass ein solches egoistisches Dahintreiben auf dem Strom der Launen und Triebe, wie es dein mir unbekannter Dichter zu verherrlichen bemüht ist, keinen anderen Namen verdient, als den schnöder Trägheit; und du weißt ferner, dass solche schnöde Trägheit stets und immer notwendig zu etwas Schlimmerem führt. Die Verse, die du soeben erwähntest, lassen unwillkürlich das Bestreben durchblicken, die mahnende und strafende Stimme des Gewissens zu beschwichtigen; ihr Verfasser muss ein Mensch gewesen sein, der seine Kräfte und Fähigkeiten in unverantwortlicher Weise verschwendet hat. Nimm den Bankzettel zurück", sagte er, indem er aufstand und nach Hut und Mantel griff, „der erste genügt mir. Aber vergiss nicht, dass Gott und das schwarze Fleet nach dir rufen, und dass sie dich auch eines Tages haben werden. Vergiss das nicht, du mein edler, warmherziger Freund. Und nun lebe wohl. Gott sei mit dir." Damit schüttelte er Henrys Hand und ging hinaus.

In jenem Dezember waren die Soireen und Ballfestlichkeiten in den Kreisen der oberen Zehntausend der alten, reichen See- und Hansestadt besonders zahlreich, und Henry Lubau hatte ernstliche Mühe, seinen gesellschaftlichen Verpflichtungen zur Zufriedenheit aller Beteiligten nachzukommen, da seine Liebenswürdigkeit ihm nicht gestattete, eine Einladung abzuschlagen, das heißt, wenn sie aus jenen aristokratischen Vierteln an ihn ergangen war, die sich hauptsächlich um die Binnen- und Außenalster gruppierten, neuerdings aber auch vor dem Dammtor und am ‚Grindel' ihre Heimstätten hatten. Das schwarze Fleet aber und die dort sich kreuzenden ‚Gänge', wie man in Hamburg die schmalen Gassen der Armen- und Verbrecherviertel nannte, waren fast gänzlich aus seinem Gedächtnis verschwunden. Er wusste, dass Paul Dryander diese Angelegenheit schon wieder zur Sprache bringen würde wenn er sich am 1. Januar die neue Bankanweisung holte, und er sah auch voraus wie unangenehm und unbequem das sein würde. Denn tief in seiner Brust regte sich merkwürdigerweise etwas, das der seltsamen Forderung seines Freundes zustimmte.

Henry war eben nicht bloß ein Epikureer. Einer Seele wie der seinigen, konnte der Grundsatz: „Lasset uns

essen und trinken, denn morgen sind wir tot", auf die
Dauer nicht genügen. Vorläufig aber wollte er sich noch
nicht auf ernstere Gedanken einlassen; es war ihm ein
beruhigendes Bewusstsein, dass Paul sicherlich nicht
vergessen würde, ihn zur rechten Zeit an seine Pflicht zu
erinnern. Außerdem hatte er gerade jetzt das Ziel seines
Ehrgeizes erreicht: er war zum Präsidenten des Salanganen-Klubs gewählt worden. Am heiligen Weihnachtsabend sollte er zum ersten Mal den Stuhl seiner neuen
Würde einnehmen.

Er war soeben vor dem hell erleuchteten Eingang des
Klubhauses aus seinem Wagen gesprungen, als er auf den
wohlbeleibten Sanitätsrat Sieveking stieß, der ein besonders eifriger ‚Salangane‘ war.

„Guten Abend, Lubau", sagte der Doktor. „Wie geht
es Ihrem Vetter Dryander? Noch nicht besser?"

Ein eiskalter Schreck und eine düstere Ahnung be-
mächtigten sich Henrys.

„Ist er denn krank?", fragte er.

„Wissen Sie denn nichts davon? Naja, das sieht dem
Dryander wieder ähnlich. Vor vierzehn Tagen ist er von
den schwarzen Pocken befallen worden. Ich wollte den
Fall nicht melden und ihn in seiner Wohnung behan-
deln. Aber da kam ich schlecht an. Wenn Ich den Fall
nicht meldete, meinte er, dann müsste er selber dies tun;
die Gesundheitspolizei hätte vorgeschrieben, dass alle
Pockenkranken so schnell wie möglich in die Baracken
des städtischen Krankenhauses eingeliefert werden soll-
ten; er wollte und dürfte keine Ausnahme machen, umso
weniger, als er den Bewohnern des schwarzen Fleets, wo
die Epidemie ganz besonders heftig aufgetreten ist, mit

einem guten Beispiel vorangehen müsste. Da ließ ich ihm natürlich seinen Willen und beförderte ihn zu den Baracken. Und Ihnen hat er keine Nachricht zugehen lassen? Sicherlich, um zu verhindern, dass Sie ihn besuchen und sich selbst der Gefahr der Ansteckung aussetzten. Ein außerordentlicher Mann; nicht viele gibt's von seiner Sorte."

Mit diesen Worten wandte sich der Doktor einigen Neuangekommenen zu und ging mit ihnen die teppichbelegte Treppe hinauf.

Auf diese Weise wurde dem Präsidenten des Salanganen-Klubs das Weihnachtsdiner verdorben.

Es gibt in dieser Welt zwei recht unbequeme Dinge: das Gewissen und das feinfühlige Herz. Henry wurde von beiden geplagt. Während die Pfropfen knallten, und die Toaste durch den prächtigen Saal hallten, musste er immer an den armen Paul denken, der um dieselbe Zeit in der Pockenbaracke lag. In seiner brillanten Erwiderung auf das dem neuen Präsidenten gebrachte Hoch, hatte er ernstlich mit seiner Zerstreutheit zu kämpfen, und es fehlte nur wenig, dass er die zahlreiche und glänzende Versammlung statt mit „Meine Herren vom Salanganen-Klub" mit „Meine Herren vom Pocken-Hospital" angeredet hätte. Dann aber sprach er den erlesenen Weinen eifriger zu als je zuvor, so dass die ihm zunächst Sitzenden endlich anfingen, einander bezeichnende Blicke zuzuwerfen und sich zuzuflüstern, dass ihn die neue Würde aus dem Gleichgewicht gebracht hätte. Sie wussten nicht, wie unendlich schal und fad ihm gerade jetzt der berühmte Klub und seine eigene Präsidentschaft erschienen. Wenn ihm nicht bekannt gewesen wäre, wie vergeblich jeder Versuch bleiben musste, in die Pocken-Baracke Einlass zu erlangen, er würde sich auf der Stelle beurlaubt haben, um zu dem leidenden Freund zu eilen.

Es war abends gegen elf Uhr, als Henry das Klubhaus verließ. Dumpf den Kopf und weh das Herz, so trat er aus den lichtschimmernden, von würzigen Punschdüften durchzogenen Räumen in die klare Winternacht hinaus. Sei es nun, dass er in seinen Gedanken des Weges nicht achtete, sei es, dass seine Füße unbewusst der Richtung seiner Gedanken folgten, genug, er schritt geradewegs zu den alten verrufenen Stadtteilen und befand sich endlich im schwarzen Fleet.

Vor der niederen, mit einer roten Gardine verhängten Glastür einer schmutzigen Schenke machte er Halt und blickte um sich. Lärmendes Stimmengewirr, Gestampf und Gläsergeklirr ertönten aus dem Inneren. Er öffnete die Tür und betrat den langen, niedrigen, heißen Raum, der so dicht mit widerlichen Dünsten und mit dem Qualm aus den kurzen Kalkstummeln der Gäste gefüllt war, dass man die entfernteren Gruppen und Dinge nur undeutlich erkennen konnte. Er ging auf die Tonbank zu, hinter welcher die dicke Wirtin und ein nicht hässliches junges Mädchen, ihre Tochter, den hin und her laufenden Schankmamsells die von den Gästen geforderten Speisen und Getränke verabfolgten.

„Können Sie mir sagen, wo der Herr Dryander hier herum gewohnt hat?", fragte Henry.

„Unser Herr Kandidat? Ja, wohl kann ich das", entgegnete die Wirtin. Gehen Sie mal grad rüber in das

große Haus am Eck, da hat der arme gute Mensch gewohnt.“

Das bezeichnete Haus war ein finsteres, großes Gebäude, auf dessen Hausdiele noch eine Lampe trübe
brannte. Auch in vielen der Fenster zeigte sich noch
Licht. Im schwarzen Fleet geht es in der Nacht ebenso
lebhaft zu wie am Tag.

Henry stieg eine Treppe empor und klopfte an die
nächste Stubentür. Die Tür öffnete sich und zwei Frau-
en, deren eine ein Licht in der Hand hielt, erschienen auf
der Schwelle. Die Gesichter beider waren mit Pockennarben übersät.

Der junge Mann fragte, ob er von ihnen erfahren
könnte, wo Herr Dryander sich befände.

„Unser Herr Kandidat? Ach du lieber Gott, junger
Herr, der ist heute Nachmittag genau um halb sechs
gestorben“, antwortete die jüngere der beiden Frauen,
indem sie den Zipfel ihrer rotbunten, breiten Schürze an
die Augen drückte.

Die andere trat dicht vor Henry Lubau hin und ließ
den Schein des erhobenen Lichtes auf sein Gesicht fallen.
Dann rief sie: „Sie müssen Hinrich sein! Sind Sie Hinrich, junger Herr?“

„Wie meinen Sie das?“, entgegnete Henry.

„Ich denke mir das so“, sagte die Frau. Dann fuhr sie
fort: „Mein Mann Jochim ist Krankenwärter im Pocken-
Hospital und hat mir von dem seelenguten Herrn erzählt
wie er in einemfort von seinem Hinrich phantasiert hat.
„Mein Hinrich, mein Hinrich!“, hat er immer gerufen,
und mein Mann sagt, dass ihm wohl etwas schwer auf
dem Herzen gelegen haben muss, was er seinem Hinrich

noch gern gesagt hätte, ehe er zum Sterben kam. Und wie ich nun so Ihr Gesicht hier sehe, junger Herr, da denk' ich mir mit einem Mal, ob Sie wohl unserem guten, seligen Kandidaten sein Hinrich sind."

„Hat Ihr Mann Ihnen nicht noch mehr von ihm erzählt?"

„Viel hat er nicht verstehen können, weil der arme Herr fortwährend im Delirium gelegen hat. Zumeist hat er nach Hinrich verlangt. „Hinrich, Gott und das schwarze Fleet rufen dich!", hat er wohl immer gerufen. Jochim sagt, dass ihm ordentlich die Haare zu Berge gestiegen sind, wenn er das anhören musste. Wenn Sie aber sein Hinrich sind – und Sie sehen mir ganz so aus, als ob Sie wohl zu ihm und seinesgleichen gehören könnten ..."

„Mein Name ist Henry, wenn schon ich ihm und seinesgleichen leider Gottes nicht die Schuhriemen lösen darf. Hier, gute Frau, meine Adresse. Sagen Sie Ihrem Mann, er möchte morgen bei Tag zu mir kommen."

Henry Lubau ging.

„Das muss der reiche Herr sein, von dem unser Herr Kandidat immer das schwere Geld gekriegt hat", flüsterten die Frauen hinter ihm.

In einer der besseren, breiteren Straßen angelangt, stieß Henry auf den letzten Pferdebahnwagen. Er stieg auf und setzte sich im Inneren auf den letzten noch freien Platz. Sechs von den Fahrgästen waren Leute, die, mehr oder weniger trunken, in wüster, lauter Unterhaltung begriffen waren; die anderen schienen junge Frauenzimmer von der Straße zu sein. Der einen fehlten einige Pfennige an dem Fahrgeld; der Schaffner leistete großmütig darauf Verzicht und ließ sie unangefochten weiterfahren.

„Weil's Heiliger Abend ist", sagte er lächelnd zu Henry. „Du lieber Gott, so eine arme Frau hat sowieso nur ein elendes Leben."

An der nächsten Haltestelle erhob sich einer von der halbtrunkenen Gesellschaft und drängte sich an Henry vorüber zur Wagentür hinaus. Dabei wandte er sein hageres Gesicht auf einen Augenblick dem Sitzenden zu. Plötzlich tat er erschrocken einen Ausruf des Erkennens, flüchtete mit einem jähen Satz vom Wagen und verschwand in der Finsternis. Henry saß erstaunt, aber erst als der Wagen längst wieder in Bewegung war, kam ihm der Gedanke, dass dieser Mensch mit dem langen, wirren, blonden Haar kein anderer als der unglückliche Hans von Appen gewesen sein könnte, der einst so brillante Baron Bertram vom Salanganen-Klub.

Als Henry wieder in seinen Gemächern angelangt war, machte er die Wahrnehmung, dass sich seiner ein leichter Anflug abergläubischer Furcht bemächtigt hatte. Er nahm den als Briefbeschwerer dienenden, antiken, mit grünem Edelrost bedeckten Dolch auf, den Paul Dryander bei seiner letzten Anwesenheit hier im Bibliothekszimmer spielend in der Hand gehalten hatte und wiederholte sich, indem er seine Zigarre rauchte, die damals mit dem Freund geführte Unterhaltung nachdenklich Satz für Satz.

Mochte es nun die Wirkung der bei dem Salanganen-Diner reichlich genossenen Getränke, oder mochte es die Folge der erschütternden Nachricht von Pauls Tod gewesen sein, genug, als er später zu Bett ging, empfand er am ganzen Körper ein eigentümlich fröstelndes, nervöses Beben.

Er hatte ungefähr eine Stunde geschlafen, als er plötzlich durch eine Stimme geweckt wurde, die im breitesten Dialekt der Fleete, Gänge und Twieten die Worte sagte: „Sind Sie sein Hinrich, junger Herr?" Er fuhr empor und sah sich um. Unter dem Einfluss der vorerwähnten abergläubischen Empfindung hatte er, ganz gegen seine Gewohnheit, die mit einem dunklen Schirm bedeckte Lampe auf dem großen, runden Tisch im Bibliothekszimmer brennen lassen. Das eigentümliche Dämmerlicht, das durch die offene Tür in das Schlafgemach fiel, machte ihn schauern, und er erwartete jeden Augenblick, die Frau des Krankenwärters aus dem schwarzen Fleet vor sein Bett treten zu sehen. Dann aber schüttelte er die Furcht ab, legte sich auf die rechte Seite, weil er vorher auf der linken gelegen hatte, und versank wieder in einen ruhigen Schlaf. Gleich darauf aber fuhr er von neuem empor und saß schreckensstarr steif aufrecht, weil er zum zweiten Mal die Stimme zu hören vermeint hatte: „Sind Sie sein Hinrich, junger Herr?"

Dabei glaubte er zu fühlen, dass jemand dort drinnen an dem Tisch saß. Henry Lubaus persönlicher Mut war über allen Zweifel erhaben, dennoch dauerte es eine geraume Zeit, ehe er sich entschließen konnte, die halbe Wendung zu machen und zum Tisch hinzublicken.

Er gewahrte nichts Ungewöhnliches; beruhigt legte er sich wieder nieder und zog das Kopfkissen vorsorglich um die Ohren. Diesmal aber war er erst im beginnenden Halbschlummer, als er zum dritten Mal unmittelbar über seinem Kopf dieselben Worte vernahm: „Sind Sie sein Hinrich, junger Herr?"

Henry Lubau lag ganz still und blickte zu dem künstlichen Holzschnitzwerk empor, welches das hohe Kopfstück seiner umfangreichen Bettstatt verzierte; er tat dies einesteils, weil die Stimme von dort oben gekommen war, andernteils aber auch, weil er sich fürchtete zu dem Tisch hinzublicken; denn er wusste genau, so genau als ob er bereits hingesehen hätte, was er dort erblicken würde. Er wusste, dass die grauen, magnetischen Augen unverwandt auf ihn gerichtet waren, und dass sie ihn ohne Unterlass anschauen würden, bis er sich endlich gezwungen sähe, sich herumzuwenden. Er fühlte den Blick dieser Augen noch ehe er ihn sah.

Nach einer Weile wandte er sein Gesicht dem Zimmer zu. Und jetzt – sah er. In dem Sessel am Tisch saß der Schatten, der Geist, das Wesen aus dem Jenseits – Paul Dryander. Er erkannte ihn bei dem gedämpften Licht an seiner Adlernase und an seinen grauen Augen, die ihn mit dem alten, schwermütig forschenden Blick betrachteten, an dem ganzen, lieben Gesicht, das jetzt aber allenthalben mit tiefen Pockennarben bedeckt war. Henry sah dies alles klar und deutlich, zugleich aber konnte er ebenso deutlich durch die Erscheinung hindurchsehen und die hinter ihr befindlichen Gegenstände erkennen. Jetzt nahm der Schatten den bronzenen Dolch in die Hand und spielte damit, gerade so, wie vor drei Wochen Paul Dryander es getan hatte, und in diesem Augenblick bildete sich Henry so fest ein, dass er seinen alten Freund wirklich vor sich hätte, dass er sich anschickte, aus dem Bett zu springen, um dem Verlorengegebenen die Hand zu drücken. Allein die vollständige Durchsichtigkeit der Erscheinung hielt ihn hiervon wiederum zurück, und, von Grauen übermannt, bedeckte er zitternd sein Gesicht mit den Händen.

„Was willst du von mir“, fragte er, endlich wieder aufblickend.

„Ich will dich selber, Henry“, sagte der Geist. Und die grauen Augen sahen ihn ernster und magnetischer an, als je zuvor.

Henry stand auf und kleidete sich an; er fühlte sich widerstandslos; jeder selbständige Wille hatte ihn verlassen; der schwermütig liebevolle und doch so gebietende Blick Paul Dryanders hatte ihn in Fesseln geschlagen, die abzuschütteln er weder wünschte noch vermochte. Derselbe Blick bezeichnete ihm auch die Kleidungsstücke, die er anzulegen hatte, und so stand er bald im vollen Winteranzug und zum nächtlichen Ausgehen bereit.

„Wohin gehen wir?“, fragte Henry und wunderte sich im Stillen über den Klang seiner eigenen Stimme, die aus weiter Ferne zu kommen schien.

„In den schwarzen Fleet“, antwortete der Geist, der allerdings nie den Mund auftat, dessen Entgegnungen Henry auch nicht hörte, die ihm aber trotzdem deutlicher zum Bewusstsein kamen, als durch gesprochene Worte. Gleich darauf sah er sich an der Seite der Erscheinung durch die stillen Straßen schreiten. Sie kamen an verschiedenen Polizisten und Nachtwächtern vorüber, die aber zu Henrys Verwunderung weder ihn noch seinen überirdischen Begleiter im Geringsten beachteten. Der gefrorene Schnee knirschte unter den schweren Stiefeln der Sicherheitsbeamten, und jetzt bemerkte

Henry mit Schaudern, dass weder sein noch seines Nebenmannes Tritt irgendein Geräusch hervorbrachte. War er denn ebenfalls aus seiner irdischen Hülle herausgefahren und gegenwärtig nur ein wesenloser Geist? Träumte er denn?

Im schwarzen Fleet angekommen, begaben sie sich zuerst in eine große Wirtschaft, in der es trotz der vorgeschrittenen Nachtzeit noch sehr laut und lärmend zuging. Henry konnte nicht begreifen, warum der Geist ihn hierher, in diese schreckliche Luft von schlechtem Tabak und noch schlechterem Fusel, geführt hatte. Ein wildes Durcheinander von aufgeregten Nationen schwatzte und schrie hier in drei oder vier Sprachen durcheinander. An der langen Tonbank standen sechs junge Kerle, zwei Hamburger Matrosen, ein Däne, ein Schwede, ein Portugiese und ein Amerikaner, die sich gegenseitig in dampfendem Grog zutranken.

Paul Dryanders Geist schien jemanden zu suchen. Er führte seinen Freund von Tisch zu Tisch, von Gruppe zu Gruppe. Nicht einer von all den Leuten kümmerte sich im mindesten um die Anwesenheit der beiden, hier sicherlich fremdartigen Besucher, und jetzt gelangte Henry zu der Überzeugung, dass er ebenso wie sein Begleiter, den Augen der anderen unsichtbar war.

Vor einem Tisch, an dem zwei junge Hafenarbeiter bei Grog und Kartenspiel ihren Weihnachtsabend verbrachten, blieb Dryanders Geist stehen. Im Wein ist Wahrheit, sagt ein altes Wort; auf Schnaps angewendet, bleibt es ebenso richtig.

„Du, Pietje, ich mag nicht mehr", sagte der eine, indem er mit der linken Faust, in der er die Karten hielt, auf den Tisch schlug. „Meine alte Mutter hat mir heute den ganzen Nachmittag was vorgeheult; ich sollte die Stütze ihres Alters sein, anstatt in den Wirtschaften das Geld totzuschlagen, sagt sie; und noch dazu am Weihnachtsabend. Und sie hat recht, sage ich dir, Pietje, sie hat recht – verdammt.“

„Gewiss, Karl, gewiss hat sie recht, das wissen wir längst“, brummte der andere, „man kann aber doch nicht ewig zu Hause hinterm Ofen sitzen. Man will doch auch mal andere Leute sehen. Was soll man machen? Spiel aus, Karl.“

„Das habe ich der alten Frau auch gesagt. Mutter, hab' ich gesagt, ich kann nicht ewig bei dir zu Hause sitzen und die vier Wände ansehen oder die ‚Reform‘ zehnmal von hinten bis vorn durchlesen. Ich muss auch mal andere Leute sehen. Mir ist's nicht ums Trinken, bloß um die Gesellschaft. Aber natürlich wo alle trinken, da kann ich allein nicht trocken sitzen, und – da hast du's. Ehe ich noch daran denke, bin ich schwer geladen – so wie jetzt; ich bin schon wieder wie ein blinder Musikant. Ich muss ausspielen? Was sagst du?“

Er warf die Karten auf den Tisch, schob die schwieligen Hände in die Hosentaschen, lehnte sich in den Stuhl zurück und fuhr fort, während der andere stumpf in sein Glas blickte: „Ein junger Kerl muss Gesellschaft haben, wenigstens ein paarmal in der Woche nach Feierabend. Wo gibt's aber Gesellschaft für unsereinen? Hier bei Mutter Gröngröft, in der Wirtschaft, oder im Hafenkeller, oder bei der roten Minna, oder im Hamburger Wappen, oder draußen in St. Pauli, ja. Hab' ich recht, Pietje?“

„Ja, Karl.“

„Die reichen Kerls haben ihren Klub auch bloß der Gesellschaft wegen, das kannst du mir glauben, Pietje.“

„Na, gewiss, Karl.“

„Warum gibt's keinen Klub für unsereins? Oder einen Verein? Ja, warum gibt's keinen Verein für uns? Wäre das nicht besser, als so eine Wirtschaft, wo man sich um seinen Verstand trinkt und um die paar Schillinge obendrein? Da war der Dryander, der Kandidat, ja, das war ein Mann. Ich sage dir, Pietje, wenn der noch lebte, dann säßen wir beide heute nicht hier. Der war hinter einem her, wie, - na, ich will nichts sagen. Hat mir gut getan. Tut einem immer gut, wenn man sich mal ordentlich schämt. Wie?“

„Na, gewiss, Karl.“

„Wenn unsereiner vor Langeweile nicht weiß wo er hin soll, dann sucht er Gesellschaft, ganz gleich, wo er sie findet. Meinetwegen bei Mutter Gröngröft. Und alle die Janmaaten von den Schiffen machen's ebenso. Was, Pietje?“

„Ja, Karl. Aber nun komm, noch ein Spiel. Du musst geben.“

Paul Dryanders Geist blickte seinen Begleiter an. „Gott und das schwarze Fleet rufen dich, Henry.“

Erregt und unruhig wandte Henry sein Gesicht ab. Da begegnete er wieder den grauen Augen. „Und sie werden dich haben“, fügte der Geist hinzu.

Von der Wirtschaft der Witwe Gröngröft führte die nächtliche Erscheinung den Präsidenten des Salanganen-Klubs noch in eine ganze Reihe anderer Spelunken, darunter auch in die Wohnungen der Verkommensten der Gemeinde des schwarzen Fleets. Die letzte dieser Stätten moralischen und leiblichen Elends war ein leerer, kalter Raum in der dritten Etage eines schmutzigen Hauses. In der Ecke saß auf einer kleinen Kiste ein bleiches, abgehärmtes, jämmerlich gekleidetes Weib, das ein krankes Kind auf dem Schoß wiegte. Ein hagerer Mann mit wirrem, blondem Lockenhaar in schlotterndem Rock und dünnen Sommerhosen, schritt auf den schadhaften, knarrenden Dielen hin und her.

„Ich könnte es lassen, gewiss, ich könnte es lassen, wenn mir jemand beistände“, sagte der Mann mit hohler, verzweifelter Stimme. „Ich glaube es fest. Aber wer soll mir beistehen? Henry Lubau ist zum Präsidenten des Salanganen-Klubs gewählt worden wie ich heute hörte. Oh Gott, wenn sich Henry noch einmal meiner annehmen wollte! Er würde mir Geld geben wollen, aber Geld allein tut's nicht. Geld könnte ich schon verdienen, wenn ich nur das Trinken lassen könnte. Nur um ihn zu sehen, nur um ihn sprechen zu hören, diesen einzigen Menschen, habe ich damals Abend für Abend im Klub gesessen. Ich hätte mit Freuden mein Leben für ihn hingegeben. Und so kam das Trinken. Der Klub ist mein Ruin gewesen. Vor einigen Stunden habe ich ihn im Pferdebahnwagen gesehen. Er kannte mich natürlich nicht. Und doch, ich wollte, dass er noch einmal zu mir spräche. Ich habe ihn sehr lieb gehabt. Ich glaube, ein einziges Wort von ihm genügte, um sieben Teufel aus mir auszutreiben. Allmächtiger Gott, was ist das wieder für ein fürchterlicher Weihnachtsabend!“

Die Frau auf der Kiste begann heftig zu weinen und das kranke Kind wurde unruhig.

Henry hätte sogleich zu dem armen ‚Baron Bertram‘ gesprochen, allein er merkte bald, dass der ihn nicht sah und hörte, und schaudernd wurde er gewahr, dass er selber nichts als ein wesenloser Geist war.

Sein Begleiter blickte ihn traurig und eindringlich an. „Gott und das schwarze Fleet rufen dich, Henry“, sagten die grauen Augen.

Gleich darauf befanden sich die beiden wieder in Henrys Bibliothekszimmer. Die Erscheinung ließ sich auf dem Sessel nieder und richtete ihren schwermütigen, eindringlichen Blick auf Henrys Seele. Keiner sprach ein Wort, aber dieser ernste, treue, bittende und unaussprechlich liebevolle Blick Paul Dryanders öffnete Henrys liebevolles Herz. Ein Strom heißer Tränen stürzte aus seinen Augen.

Paul saß ganz still und wartete, bis in seinem Freund der feste Entschluss gereift war, für jene verkommenden und verkommenen Mitmenschen alles zu tun, was in seinen Kräften stände. Kaum hatte Henry dieses Gelübde innerlich abgelegt, da erschien das alte, freundlich ruhige Lächeln auf dem Antlitz des Geistes, die Pockennarben verschwanden, die Züge verklärten sich und begannen ein mildes Licht auszustrahlen, das wie eine Aureole den edlen schönen Kopf umgab. Und noch andere Lichtgestalten erschienen jetzt und erfüllten den Raum und umringten Paul Dryander, als wollten sie ihn wegführen.

Henry wusste, dass dies die Geister der Geretteten aus dem schwarzen Fleet waren. Mit Trauern sah er, dass sein Freund nun keinen Blick mehr für ihn hatte, sondern nur noch seine Geretteten betrachtete. Die Aureole wurde blendender und langsam entschwebte er, umgeben von anmutigen Engelsgestalten. Die Mauern schienen sich zu öffnen, die Decke schwand, schneller und schneller entschwebte die Gruppe den Blicken des Zurückgebliebenen, und aus der Ferne erklang ein Gesang vieler freudiger Stimmen, ein Lied des Dankes und der Befreiung.

Der Traum war aus. Henry fuhr empor und blickte verstört um sich. Es war heller Tag und frostklarer Sonnenschein lag rings auf den beschneiten Dächern. Er kleidete sich an, fuhr mit der Hand über die Stirn und setzte sich unverweilt an seinen Schreibtisch. Zuerst schrieb er dem Vorstand des Salanganen-Klubs, dass er bedaure, die Präsidentschaft niederlegen zu müssen. Demnächst teilte er dem Senator Albatros mit, dass er leider an dem Weihnachtsball in dessen Villa auf der Uhlenhorst nicht teilnehmen könnte, da der plötzliche Tod seines liebsten Freundes ihn in tiefe Trauer versetzt habe. In gleicher Weise entledigte er sich auch aller anderen für die Weihnachts- und Neujahrswoche eingegangenen Verpflichtungen, dann nahm er eilig ein Frühstück, befahl seinen Wagen und fuhr nach dem schwarzen Fleet. Unterwegs überlegte er, was zunächst zu beginnen wäre. Unmittelbar in Paul Dryanders Fußstapfen zu treten war für ihn unmöglich; er war kein Missionar.

Zuerst suchte er Hans von Appen auf und befreite die Familie vorläufig aus der Not und nahm den Zerknirschten mit in seinem Wagen.

„Sage, Hans, wie fange ich es an, den Leuten hier recht von Grund auf zu helfen? Der Paul sagte immer, dass ich hier viel tun könnte. Gib mir Rat, alter Junge."

„Was den Leuten hier fehlt, das ist ein Ort, wo sie sich nach beendigter Arbeit zusammenfinden und unterhalten können, ohne dem Teufel zu verfallen, der in den Wirtschaften und Schankkellern sein Wesen treibt. Gründe einen Verein, Henry, das wird das Richtige sein, einen Verein, indem du ab und an zu den Leuten redest. Oh wenn ich dich doch erst einmal wieder reden hören könnte!“

Der Leser, der jemals durch das schwarze Fleet in Hamburg gegangen ist – natürlich nur ganz zufällig, denn mit Absicht begeben sich nur die Verkommenen, die Lasterhaften und die barmherzigen Samariter an einen solchen Ort, und der Leser ist natürlich weder ein Verkommener, noch ein Lasterhafter noch auch – ein Barmherziger, oder doch? – wer aber jemals in den letzten Jahren in das schwarze Fleet gekommen ist, der wird da auch das große Gebäude des Vereinshauses, den ‚Tannenbaum‘ wahrgenommen haben.

Der Gedanke, den am Weihnachtsmorgen der Baron Bertram im Wagen angeregt hatte, war in Henry Lubaus Herzen auf fruchtbaren Boden gefallen. Er beschloss, sofort an die Ausführung zu gehen. Die Wahl des Hauses konnte nicht schwer werden; denn welches Haus war wohl geeigneter zu diesem Zweck als das, in welchem Paul Dryander zu seinen Lebzeiten gewohnt hatte?

Henry fuhr mit seinem jetzt überaus glücklich dreinschauenden alten Bekannten zu dem Verwalter seiner zahlreichen Liegenschaften, seinem langjährigen Rechtsfreund. „Lieber Herr Ibsen“, sagte er zu ihm, „es ist zwar der erste Feiertag, und ich möchte Sie daher um keinen Preis zu irgendwelcher Arbeit veranlassen, aber Sie müssen mir den Gefallen tun und noch heute herausfinden, wer der Eigentümer des großen alten Hauses ist, das an der Ecke des schwarzen Fleets und der Görentwiete liegt. An drei Ecken stehen elende Fachwerkbaracken; ich meine das massive Gebäude an der vierten Ecke.“

„Sie meinen das Haus, in dem der Herr Dryander wohnt“, bemerkte Ibsen.

„Gewohnt hat. Er ist gestern im Pocken-Hospital gestorben. Ja, das Haus meine ich, und dessen Besitzer möchte ich wissen. Ich bitte Sie also …“

„Mit der Auskunft kann ich Ihnen sogleich dienen“, unterbrach ihn der Advokat lächelnd, „der Besitzer dieses Hauses sind Sie selber.“

„Das Haus gehört mir?“, rief Henry überrascht.

„Ja, es gehörte zum Nachlass Ihres Großvaters, des Herrn Jakobus Lubau, ersten Bürgermeisters der Stadt Hamburg. Ihr seliger Herr Vater wollte es nicht verkaufen, da es immer gute Mieten abwarf. So ist es in Ihren Besitz gekommen; ich habe auch noch keine Veranlassung gehabt, das Ihnen gegenüber besonders zu erwähnen.“

„Und Sie haben zugegeben, dass Paul Dryander an mich Miete zahlte?“, rief Henry unwillig.

„Verzeihen Sie, Herr Lubau, aber der Herr Kandidat hatte mich ausdrücklich darum ersucht, Ihnen nicht mitzuteilen, dass er in Ihrem Haus wohnte. Er wollte nichts umsonst haben; das war so seine Art. Schade um den trefflichen Mann, dass er so frühzeitig dahinmusste!“

„Hans“, sagte Henry, „mein lieber Hans, du tust mir die Liebe und gehst sogleich in das Haus und stellt fest, gegen welche Abstandssumme sämtliche Mieter bis zum 28. dieses Monats ihre Wohnungen räumen wollen. Händige jedem einen Zettel für Herrn Ibsen aus, auf dem der Betrag notiert ist, und Sie Herr Ibsen, geben jedem noch einen Zuschlag von fünfzig Prozent. Sie verstehen mich. Ich muss mich nämlich gleich von Anfang an mit dem schwarzen Fleet auf einen möglichst guten Fuß stellen", fügte er lächelnd hinzu.

Der Advokat Ibsen war ganz erstaunt und zerbrach sich den Kopf über die eigentümliche Laune seines Patrons. Baron Bertram aber entledigte sich pünktlich und mit bestem Erfolg seines Auftrags, und dann ging er und trank in so vielen Wirtschaften auf das Wohl Henry Lubaus, dass er gänzlich berauscht nach Hause kam und am nächsten Morgen seinem Wohltäter nicht in die Augen zu sehen wagte.

Henry aber tat, als merkte er nichts. Paul Dryander hatte ihn gelehrt, mit solchen nach Hoffnung und Heilung ringenden Verzweifelten vorsichtig umzugehen. Und wenn Hans von Appen später auch noch gar manchmal die Nachsicht seines Freundes herausforderte, so gesundete er doch bald ganz in dem wandellosen Sonnenlicht der Menschenliebe Henry Lubaus.

Schon am Abend des Neujahrstages konnten die untern Räume des Vereinshauses ‚Der Tannenbaum‘ eröffnet werden. Grünes Tannenzweig bedeckte die ganze Front des alten weitläufigen Gebäudes. Die gastlichen Pforten waren aufgetan und die gastlichen Tafeln gedeckt. Wenn das Bankett sich auch nicht mit den festlichen Veranstaltungen des Salanganen-Klubs messen konnte, so war es doch ein großartiges, märchenhaftes

Ereignis für alle diejenigen, die Henry um sich versammelt hatte. Er selbst saß auf dem Präsidentenstuhl, und hinter ihm an der hohen Wand hing, reich umkränzt, in strahlender Beleuchtung das Bild Paul Dryanders mit der Unterschrift: „Der Gründer des Vereins *Zum Tannenbaum*“. Außerdem aber waren sämtliche Wände mit den besten und kostbarsten Ölgemälden aus Henry Lubaus Galerie geschmückt und die glänzenden Blicke konnten sich kaum von dem Anschauen losreißen.

Karl hatte seine alte Mutter in ‚seinen Verein‘ mitgebracht; sie saß zwischen ihm und seinem Maat Pietje. Wenn gutes, leichtes Bier, aromatischer Kaffee, würzige Schokolade, kräftige Fleischbrühe und dergleichen die Leute betrunken machen könnten, dann wäre von der nach Hunderten zählenden frohen Gesellschaft an jenem Abend kein einziger im Besitz seiner Sinne nach Hause gekommen.

Für Henry Lubau aber war dieser Abend voll von stolzerer Erhebung, als derjenige, an dem er vor acht Tagen seine Präsidentschaftsrede im Salanganen-Klub gehalten hatte. Die grauen Augen des Porträts über seinem Sitz blickten zufrieden und dankbar auf ihn herab.

Er erhob sich. Die fröhliche Unterhaltung ringsum verstummte, und die Gesichter der Seefahrer, der Hafenarbeiter, der Kohlenträger, der Handwerker und aller anderen Gäste aus den Fleeten und Twieten und Gängen richteten sich mit Ehrfurcht und Wohlgefallen auf seine hohe Gestalt und auf sein männlich edles Gesicht.

„Liebe Brüder“, begann er mit seiner herrlichen Stimme, „lasst uns an dem heutigen Abend vor allem unseres und meines besten, zu früh dahingeschiedenen

Freundes gedenken." Und nun schilderte er in begeisterten, innigen Worten die selbstlose, aufopfernde Treue des Verstorbenen. Die Versammlung lauschte atemlos. Karls alte Mutter, die Frau des Krankwärters Jochim und noch viele andere von der weiblichen Zuhörerschaft weinten vor Rührung, aber auch von den Männern fuhr mancher mit dem schwieligen Finger in die Augenwinkel. Zum Schluss erhob Henry sein Glas und rief: „Dem treuen Gedächtnis Paul Dryanders, des unvergesslichen Gründers unseres neuen, schönen Vereins, dessen Zeichen der immergrüne, weihnachtliche Tannenbaum ist! Der Baum sei uns das Sinnbild der neugeborenen Gottesliebe, die uns alle umfängt, der nimmer welkenden Hoffnung, die uns alle emporhebt, und der unerschütterlichen Beständigkeit, deren wir auf unserem neuen Weg alle bedürfen. Das walte Gott!"

„Amen!", erklang es hier und dort; ein Gemurmel der Ergriffenheit durchlief die Menge, und einige begeisterte Teerjacken hielten ein kräftiges Hurra für den allein zutreffenden Ausdruck ihrer Empfindungen.

Das ist die Geschichte von der Gründung des „Tannenbaums" im schwarzen Fleet.

Die schwarze Kuppe

„Martha, dort zieht eine Bö herauf! Und sieh den Schoner dort draußen! Wenn das Volk an Bord auch nur ein halb Lot Verstand im Kopf hat, dann hält es auf die Bucht hier ab, ehe die Bö das Fahrzeug im Genick hat."

„Ja, das halbe Lot Verstand aber haben die dort nicht", erwiderte Martha, nach dem Schiff hinausblickend, „denn sieh nur, sie gehen über Stag und laufen wieder in die offene See hinaus!"

Martin beschattete seine Augen mit der Hand, lugte scharf über das Wasser und schüttelte dann unwillig den Kopf.

„Wahrhaftig! Sollte man es glauben? Hol' mir doch meine Jacke, Martha. Ich will hinunter zum Strand und das Boot klarmachen."

Am unteren Rand der großen schwarzen Wolke, die sich mit rasender Schnelligkeit über das Firmament ausbreitete, brach ein blassgelber Sonnenstrahl hervor und beleuchtete auf einen kurzen Augenblick grell die dicht gerefften Segel des kleinen Schiffes, die weißen Kämme der schwarzen Wogen und Martins aufgeregtes Gesicht.

„Da treiben sie schon nach Lee und auf die Klippen los!", rief er.

Ein heftiger Windstoß trieb eine Schar rasselnder, dürrer Blätter über seinen Kopf dahin und der See zu.

„Man sollte wahrhaftig meinen, dass unser Herrgott manche Leute nur geschaffen hat, damit auch Dummköpfe in der Welt sind!"

Damit rannte er hinunter zu seinem Boot, warf Haken und Leinen hinein und stand dann neben demselben, bereit, im Augenblick der Not sofort abzustoßen. Der Schoner hatte von neuem gewendet und näherte sich wieder der Bucht.

„Herrgott! Warum bleibt das Volk nun nicht draußen, wenn es doch die Küste nicht kennt! Und was für Leinwand sie noch stehen haben!"

In halber Verzweiflung beobachtete Martin die schwachen Versuche der Mannschaft, das Fahrzeug auf den kommenden Sturm vorzubereiten, der demselben schon dicht auf den Fersen war.

„Ohio! Martin! Siehst Du den Schoner da draußen? Die werden Salzwasser in die Augen kriegen, ehe sie hier binnen kommen! Hätten sie zehn Minuten früher versuchen sollen!" Der Sprecher, ein alter, stämmiger Fischer, saugte an seiner kurzen Kalkpfeife und lehnte sich lässig gegen sein Boot, dabei das Fahrzeug nicht aus den Augen verlierend.

„Da geht er hin!", schrie er dann, als der Sturm sich plötzlich mit heulender Gewalt auf das kleine Schiff stürzte und dasselbe der Brandung über den Klippen zutrieb.

„Ah! … Noch nicht … der Wind ist wieder herumgeschralt … aber jetzt … da … da! Vorwärts, Martin! Ich gehe mit!"

Und tief vornübergebeugt, der herabgießende Regen peitschte ihnen gerade ins Gesicht, ruderten die beiden Fischer durch die tosenden Wogen auf die brandenden Klippen zu, wo in der sprühenden Gischt die Masten und Rahen des Schoners nur noch undeutlich zu erkennen waren.

Der Nebel wurde dichter: der Wind sprang von einem Strich des Kompasses zum anderen; jetzt schnob er ihnen in das Gesicht, jetzt peitschte er ihnen den salzigen Schaum ins Genick, bis sie, obgleich seit Kindesbeinen mit dem Wasser der Küste vertraut, kaum noch wussten, wo sie sich befanden.

„Wir müssen warten, bis sich der Nebel hebt, Heinrich", sagte Martin, „wir tappen hier im Finstern."

Und mit den Riemen über dem Wasser saßen sie und suchten den Nebel zu durchspähen und horchten gespannt auf jeden Laut, der durch das Geheul des Sturmes und das Wogengebrause an ihr Ohr dringen könnte.

Plötzlich rief Martin:

„Höre, Heinrich! Da drüben! Luvwärts!"

Eifrig und schweigend ruderten sie einige Minuten in der angegebenen Richtung weiter.

„Mir war's, als hörte ich einen dumpfen Stoß und ein Krachen, als ob er aufgelaufen sei", sagte Martin atemlos.

Heinrich Lassen lauschte angestrengt.

„Streich', Martin, streich'!", rief er plötzlich, indem er zugleich selbst die entsprechende Rückbewegung mit seinem Riemen ausführte. „Dort ist die Brandung über den Klippen!"

„Gott sei den Leuten gnädig!"

Heinrich legte die Hand an sein Ohr. Ein Schrei drang aus dem Nebel zu ihm herüber.

„Hoi! Ahoi!", rief er antwortend. Dann sagte er: „Martin, wo ist der Schoner?"

„Das weiß Gott!"

Der Nebel wurde lichter und es näherten sich ihnen mehrere Boote.

„Der Schoner sitzt auf, drüben, bei der schwarzen Kuppe!", schrie der Fischer. „Es steht eine hohe Brandung dort."

„Und die Leute?"

„Bei der Unterströmung, die heute läuft, kommt keiner davon", antwortete der Fischer.

Es entstand ein dumpfes Stimmengewirr in den Booten und einige der Männer erbleichten. Dann rief Martin:

„Hört, Maaten, fahrt ihr um die schwarze Kuppe südlich herum, und Heinrich und ich, wir wollen auf der anderen Seite suchen. Der Wind ist ein paar Strich herumgeschralt und der Nebel muss auch gleich steigen. Es kann ja sein, dass wir noch den einen oder den anderen auffischen."

„Martin hat recht! Vorwärts, Leute!"

Die Fischer legten sich kräftig in die Riemen und die Boote schossen unter dem festen, stetigen Druck pfeilschnell davon, um wie Gespenster in der weißdunstigen Finsternis zu verschwinden.

„Nun, Heinrich! Uns beiden bleibt das Schwerste. Lass uns nur dem Klippenkamm nicht zu nahe kommen. Luv, Heinrich, luv, mehr an die schwarze Kuppe heran."

Der Nebel hob sich vor dem Wind wie ein Schleier, und die zackige, von der kochenden Brandung umtoste Klippenreihe zeigte sich ihren Blicken.

„Wir sind hier zu nichts nütze", sagte Heinrich, auf die Schaumlinie deutend. Bei dieser Brandung und der Unterströmung ist sicher keiner mehr am Leben."

Martin blickte, traurig den Kopf schüttelnd, hinüber zu der glatten, flach gewölbten, von der weißen Brandung fast ganz überbrausten, dunklen Klippe, die bei ebbendem Wasser wie ein kleiner Dom aus der Flut ragte und im Mund der Fischer und Seeleute des Ortes die ‚Schwarze Kuppe‘ genannt wurde. Plötzlich schoss eine hohe Röte in seine Wangen.

„Streich’ aus, Heinrich!“, rief er. „Noch mehr … noch näher … so, vorsichtig! … Dort liegt etwas auf der Kuppe!“

Schnell wie der Blitz sprang er aus dem Boot auf die flache Klippe und bückte sich nach einem dort liegenden Gegenstand.

„Ein Kind! Heinrich, ein Kind!“, schrie er und hob das kleine Wesen sorgfältig auf. Dann sprang er mit seiner Bürde wieder in das Boot.

„Du arme Kleine! Sie ist ohnmächtig und kalt! Vorwärts, Heinrich, streich’ aus wie noch nie in deinem Leben! Armes, kleines Schätzchen! Warte nur, Martha wird dich schon wieder lebendig machen!“

Das aber verursachte Martha viel, viel Mühe. Das kleine Leben war schon so weit fortgewandert, so dicht bis an die Pforten des Himmels, dass es nur sehr zögernd wieder zurückkehrte. Endlich aber belohnte ein großer, verwunderter Blick die Anstrengungen der treuen Wärterin. Die Augen des Kindes wanderten von der einen zu dem anderen, rings im Zimmer umher … dann sagte es ganz ruhig: „Bei Euch gefällt es mir.“

„Wahrhaftig, Liebchen?“, rief Martin und eine sonnige Freude strahlte von seinem ehrlichen, männlichen Gesicht. „Na, das freut mich aber unbändig!“

„Aber wer bist Du denn?“, fragte die Kleine ernsthaft und richtete ruhig und ohne die geringste Furcht ihre Augen auf die seinen.

„Wer ich bin? Na, ich bin ja der Onkel Martin“, erwiderte er mit gewaltigem Kopfnicken und dabei blickte er sie so freundlich und so ermutigend als möglich an.

„Oh – und Du?“, hier wandte sich ihr Köpfchen zu Martha, „Du bist die Tante Martin … ich weiß schon.“

Damit schloss sie ihre Augen und schlief ein.

„Mein schönes Schätzchen!“, flüsterte Martin und nahm eine ihrer kleinen Hände vorsichtig und zärtlich zwischen seine harten Finger. „Wie alt mag sie wohl sein, Martha?“

„Ich denke ungefähr fünf Jahre, auf dem Medaillon an ihrem Hals steht wenigstens etwas vom „fünften Geburtstag“. Ist da aber sonst weiter niemand gefunden worden?“

Martin schüttelte den Kopf.

„Der Schoner sitzt drüben, jenseits der schwarzen Kuppe, noch aber haben sie keinen von der Mannschaft, weder lebendig noch tot, gefunden. Vielleicht wird nach dem Sturm der eine oder andere an Land gespült?“

Es wurde aber niemand mehr an das Land gespült.

Aus des Kindes abgerissener Erzählung entnahm man, dass es sanft geschlafen habe, als der Schoner strandete. Einige Tage noch plauderte es von seinem Papa, der kommen und es holen würde; als es denselben aber immer vergeblich erwartete, erzählte es Martin, dass sein

Papa wieder auf das große Schiff gegangen sei, zu seinen Matrosen, und niemand suchte ihm diesen Glauben zu nehmen.

Die Wochen vergingen, es vergingen die Monde, und das Kind hatte sich vollständig an seine neue Umgebung gewöhnt. Eines Tages saß die Kleine auf der Schwelle zur Hüttentür im warmen Sonnenschein. Sie hatte Martin erzählt, dass ihr Papa sie Flora, ihre Mutter aber immer ‚Blümchen‘ genannt habe. Sie folgte mit ihren großen, nachdenklichen Augen dem Flug der Möwen und den dahinsegelnden Fischerbooten, unter denen sie Onkel Martins Boot immer schon in der weitesten Entfernung zu erkennen pflegte.

Plötzlich sagte sie: „Erzähle mir etwas, Onkel Martin.“

Das war ihre stete Bitte, und der Fischer, dem nur wenige Bücher außer dem großen Buch der Natur offenkundig waren, erzählte ihr gern immer wieder von jenen alten Zeiten, in denen noch die Engel auf Erden wandelten und Gottes Sohn zu den Menschen redete. Sie kannte noch nichts aus der Bibel, und mit offenen Lippen und eifrigen Augen lauschte sie, wenn Martin in seiner einfachen Weise von ihm erzählte, der über das Meer geschritten und ein Freund der armen Fischerleute gewesen sei; und dann kam wohl aus ihrem Kindermund die Frage, die sich als Schmerzensschrei schon aus manch wundem Herzen gerungen:

„Warum ist dies alles vorüber, warum geschieht dies jetzt nicht mehr, Onkel Martin?“

Der brave Fischer aber antwortete dann in seiner geduldigen Weise:

„Warte nur, Liebchen, warte noch ein Weilchen, dann werden wir, Du und ich, ihn schon sehen.“

Niemand kümmerte sich darum, mit welchem Recht er das Kind behielt und wenn die Fremden, denen Floras große Schönheit auffiel, sie fragten, wem sie angehöre, dann antwortete sie:

„Onkel Martin hat mich da draußen in der See gefunden, und darum gehöre ich ihm.“

Die Jahre vergingen schnell.

Es war ein warmer, heller Sommernachmittag.

Martins Boot lag regungslos in der kleinen Felsbucht; der Fischer hatte seine Angeln ausgeworfen; Flora saß im Stern des Bootes und beobachtete ihn. Sie hatte ihren Hut abgenommen, die schrägen Sonnenstrahlen durchschimmerten ihre goldenen Locken und liebkosten ihre weißen Arme und die beweglichen, kleinen Hände.

„Komm, Onkel Martin, bist Du nicht bald fertig? Tante Martha wird ungeduldig werden.“

Zur gleichen Zeit stand ein Maler hoch oben auf dem Abhang, der, von unten ungesehen, die Gruppe skizzierte. Als er den beginnenden Aufbruch des Fischers bemerkte, suchte er hastig sein Werk zu beenden.

„Dauert nicht mehr lange, Blümchen, dauert nicht mehr lange“, sagte Martin.

Wieder lehnte sie sich zurück und folgte dem Flug der weißen Möwen draußen auf der hohen See. Der goldige Sonnenglanz wurde schwächer, und ein weicher Ausdruck verklärte das junge reizende Gesicht.

In Martins Seele aber war ein seltsames, unbestimmtes Gefühl erwacht, ein Etwas, das ihm die ganze Welt fremd erscheinen ließ, das sein starkes Herz mit Lust und sanftem Weh erfüllte. Er beugte sich zu ihr hinüber und berührte zärtlich ihre Hand.

„Jetzt wollen wir nach Hause, mein schönes Blümchen.“

Das Mädchen fuhr aus seiner Träumerei auf und lächelte ihn an, nun wieder ganz ein Kind.

„Das Gesicht dieses Mädchens muss ich haben!“, rief es in dem Maler, und als Martin die Riemen ergriff, tönte ein lautes Hallo von dem Felshang hernieder. Martin blickte empor und sah einen Menschen in eiliger Hast von Vorsprung zu Vorsprung herabspringen und ihm winken.

„Wir wollen einen Augenblick warten, Blümchen, sonst bricht sich der junge Mensch dort noch den Hals.“

Unten angekommen zog der Fremde höflich seinen Hut vor Flora, die in reizender Verwunderung und Verwirrung errötete.

„Können Sie mir sagen, lieber Freund“, redete er dann Martin an, wo ich hier im Ort wohl auf acht Tage ein Unterkommen finden kann? Ihre Küste hier ist so herrlich, und ich bin Maler …“

Hier unterbrach er sich plötzlich und blickte auf Flora, die mit niedergeschlagenen Augen ihre Hand in das klare Wasser tauchte.

‚Was für ein himmlisches Gesicht!‘, rief er innerlich in froher Begeisterung.

„Ja, vielleicht nimmt Sie Heinrich Lassens Frau auf“, antwortete der Fischer, „wenn Sie sich mit Fischen und Eiern und so etwas begnügen wollen.“

„Oh, selbstverständlich!“

Der Fremde war bereit, alles nur Erdenkliche zu essen, wenn man ihm nur sagen wollte, wo Heinrich Lassens Frau zu finden sei. Martin machte ihm in seiner natürlichen Höflichkeit den Vorschlag, in seinem Boot Platz zu nehmen, und so hatte er eine ganze halbe Stunde das Glück, neben dem ersehnten Modell sitzen zu dürfen und dessen leiser, süßer Stimme zu lauschen, soweit es ab und zu auf seine lebhafte Unterhaltung einging. Auch legte er Flora sein Skizzenbuch auf den Schoß und zeigte ihr seine letzte Arbeit.

Wie leuchteten ihre Augen!

„Das ist ja Onkel Martin! Und da ist das alte Boot … aber so seh’ ich doch nicht aus … soll ich denn das sein?“

„Gewiss! Sie machen da meiner Geschicklichkeit kein sonderliches Kompliment; warum ist Ihnen das nicht ähnlich?“

„Das ist viel zu hübsch!“, antwortete Flora mit scheuem Erröten, wodurch sie ihrem entzückten Beobachter noch zehnmal reizender erschien.

Dann knirschte der Kiel des Bootes auf dem Muschelkies des Strandes; der Maler entfernte sich in der Richtung nach Heinrich Lassens Hütte, die Martin ihm bezeichnet hatte, und blickte an der Biegung des Pfades zurück, um die Beiden das steile Ufer emporklimmen zu sehen. Klar zeichneten sich die Gestalten gegen den Abendhimmel ab, der alte Fischer noch immer hoch aufgerichtet und kernig, mit erhobenem Kopf und festem Schritt, das junge Mädchen bald voraushüpfend, bald wieder mit kindlichem Vertrauen sich an die Hand des Alten hängend; so verschwanden sie unter den abendlichen Schatten der Bäume, und mit einem Seufzer verfolgte der Maler seinen Weg.

Der nächste Morgen war sonnenklar und frisch; ein leiser Wind kräuselte die blaue See und jagte dunklere Tinten über die azurne Fläche. Außerhalb der Klippen schimmerten einige Segel weiß in der Morgensonne. Der Schaum auf den kleinen, glänzenden Wellen sah aus wie zierliche Federkronen; die Möwen schossen kreischend hierhin und dorthin und ihre langen Flügel blinkten im Sonnenlicht.

Leonhard, der Maler, der den Strand entlang geschlendert kam, stand plötzlich vor Martin und seinem ‚kleinen Blümchen‘, die traulich unter einem alten Boot beisammen saßen, das schon seit Jahren als Wrack auf dem Strand lag.

„Guten Morgen, junger Herr“, sagte Martin, „Sie sind früh auf.“

Und er schickte sich an, aufzustehen.

„Bleiben Sie ruhig sitzen; darf ich vielleicht bei Ihnen Platz nehmen? Hier ist es kühl und schattig unter dem alten Fahrzeug und die Sonne brennt schon heiß hernieder.“

„Sie sind willkommen, müssen aber mit dem Sand hier vorlieb nehmen; wir haben nicht viel Hausgerät in unserer Sommerwohnung, nicht, Blümchen?“

Blümchen lächelte schüchtern und schob einiges Seegras zurück, um für Leonhard Raum zu schaffen.

„Kommen Sie oft hierher?“, fragt der junge Mann, indem er sich behaglich auf dem Sand ausstreckte.

„Ja, junger Herr, Blümchen und ich, wir sind an jedem schönen Tag hier. Wir können ohne dieses alte Boot gar nicht mehr leben, nicht wahr, Kind?“

Flora lachte und schüttelte den Kopf; dann wanderten ihre Augen wieder über die schimmernden Fluten; Leonhard folgte ihrem Blick, und der Glanz rings umher verklärte sein feines, durchgeistigtes Gesicht.

Alle schwiegen einige Augenblicke, dann wandte sich Leonhard zu Martin.

„Beinahe vergesse ich den Zweck meines Kommens. Ich wollte Sie bitten, mich in Ihrem Boot eine Strecke hinauszufahren, damit ich eine Ansicht der Küste mit diesem blitzenden Wasser im Vordergrund erhalte; Sie könnten ja fischen, während ich male.“

„Hm“, antwortete der Alte langsam, „nicht, dass ich’s nicht gern täte, im Gegenteil, und ich will auch nicht unhöflich sein, aber müssten Sie nicht eigentlich des jungen Lassen Boot nehmen? Sie wohnen bei ihm, und er ist ein Anfänger. Die Fischerei geht schlecht in diesem Jahr, und er braucht’s eher als ich … und so möchte ich’s lieber nicht tun.“

„Gut, wenn Sie es nicht mögen, will ich nicht weiter in Sie dringen. Wo aber finde ich jetzt den jungen Lassen?“

„Ich werde ihn holen.“

Und Martin ging eilig davon, sehr wohl zufrieden mit dem errungenen Erfolg.

In seiner Abwesenheit bemühte sich Leonhard ernstlich, Floras Schüchternheit zu überwinden, und dies gelang ihm so gut, dass der zurückkommende Martin beide in der heitersten Unterhaltung fand.

„Da ist der Onkel Martin! Und nun muss ich zur Tante Martha.", sagte Blümchen.

Leonhard streckte ihr seine Hand hin.

„Müssen Sie? Dann adieu, Fräulein …"

„Ich heiße Flora. Einen anderen Namen habe ich nicht. Adieu."

„Hier ist er, junger Herr!", rief Martin, in dessen Kielwasser der junge Heinrich Lassen, eine vergrößerte Ausgabe des alten Heinrich Lassen, herankam.

„Vielleicht kann ich aus diesem jungen Riesen einige nähere Nachrichten über die kleine Fee herauspumpen", dachte Leonhard, als er im Boot gegenüber dem großen, freudestrahlenden Gesicht des jungen Lassen Platz nahm. Er täuschte sich nicht; bald wusste er Floras Geschichte, soweit sie eben bekannt war; und nun verging kein Tag, an dem er keinen Vorwand gefunden hätte, in Martins Hütte vorzusprechen. Bald brachte er eine seltene Muschel, bald musste er Flora eine Skizze zeigen, bald Martin um eine Auskunft fragen. Es war die alte, alte Geschichte … er hatte Länder und Meere durchmessen, um endlich hier auf diesem entlegenen Fischereiland die eine, die längst Ersehnte, zu finden.

Die Tage wurden zu Wochen, und wenn abends die hellen Sterne über dem Meer aufgingen, dann erzählte er ihr von seiner Heimat, die so öde und einsam sein würde, wenn Flora nicht mit ihm käme, um dieselbe zu teilen. Wenn er so bat und flehte, dann wandte sie ihre scheuen, süßen Augen ab, aber die Röte ihrer Wangen antwortete ihm genug. Martin, der sie eines Abends kopfschüttelnd erwartete, wunderte sich darüber, dass seines Blümchens Augen so tränennass waren und ihre Stimme so seltsam leise bebte, als sie ihm „Gute Nacht" wünschte.

„Onkel Martin, komm doch auf ein Weilchen mit mir zum Strand hinunter, es ist so wunderschön und frisch heute Morgen!"

Und Flora führte ihren willigen Gefangenen zu dem Ort, den sie beide am liebsten hatten, unter das alte Boot, das, obgleich jetzt viel zerfallener und verwitterter, als zu der Zeit, da sie noch ein glückliches Kind gewesen, ihnen noch immer Schutz genug vor Sonne und Wind gewährte.

„Nun, Blümchen, was gibt es?"

„Erzähle mir noch einmal, wie Du mich damals fandest, Onkel Martin."

Und wieder erzählte er ihr von jener gewaltigen Bö, von der brüllenden See, von der fürchterlichen Brandung über den Klippen, und wie er sie auf der schwarzen Kuppe in Sturm und Regen gefunden.

„Ich war einsam damals, mein süßes Blümchen", fügte er weich und zärtlich hinzu, „und Du kamst mir wie ein Geschenk Gottes, wie ein warmer Sonnenstrahl am kalten Wintertage."

Sie legte ihre Hand in die seine und er drückte vorsichtig und liebevoll ihre zarten Finger.

„Also auch mein armer Vater musste ertrinken?"

„Ja, Liebchen, wir sahen und hörten niemals mehr etwas von der Besatzung des Schoners."

Des Mädchens Gesicht wurde traurig. Aber indem sie hinausblickte in die sonnenblaue Ferne, kam ein sinnender, seliger Ausdruck in ihre Augen und ihren Mund umspielte ein schwaches Lächeln.

Die Möwen saßen schwatzend und kreischend auf den Klippen. Man hörte deutlich das Plätschern der Wellen an den Felsen. Draußen schaukelten zwei Fischerboote im Wasser. Fern unten, auf dem weißen Sand des Strandes, schritt die Gestalt eines Mannes heran.

Martin betrachtete das Mädchen mit ernster Aufmerksamkeit. Er verstand das sinnende Schweigen nicht, das in letzter Zeit so oft über sein kleines Blümchen kam. Ahnte er, dass sie dann an niemand weniger dachte, als an ihn? Sie fuhr leicht auf, als er sie leise anredete und dabei zögernd ihren Arm berührte.

„Was hast Du in Deinem hübschen Kopf, mein Blümchen? Magst Du es mir nicht sagen?“

Da warf sie sich an seine Brust, verbarg ihr Gesicht an seiner Schulter und erzählte ihm, dass sie dem Maler versprochen habe, ihm über das Meer zu folgen.

„Er ist so einsam wie ich“, schloss sie, „und ich habe ihn so lieb, Onkel Martin.“

Das starke, treue Herz zog sich in schmerzlichem Krampf zusammen, die guten, freundlichen Augen verschleierten sich, während seine Hand wieder und immer wieder über die glänzenden Locken streichelte, die an seiner Brust ruhten; denn in diesem Augenblick, da die Gewissheit, sie auf immer verlieren zu müssen, vor ihn trat, wurde ihm klar, dass er ohne sie nicht leben könne.

„Lass mich aufstehen, mein Blümchen“, sagte er, „ich will bei Seite gehen und darüber nachdenken.“

„Bist Du mir böse, Onkel Martin?“

Und ihre weichen Lippen berührten liebevoll seine Hand.

„Nein, Liebchen, nein, warum sollte ich böse sein?", antwortete er ernst; aber als er dahinging war sein Kopf gebeugt, sein Schritt schleppend und schwer. Die letzte Viertelstunde hatte ihn mehr altern lassen, als alle die vorhergegangenen Jahre.

Er kam zurück und fand einen anderen auf seinem Platz unter dem Boot. Eines anderen Hand tändelte mit den goldenen Locken, in denen jedes Haar ihm so teuer war. Man vermisste ihn nicht, und mit einem schweren Seufzer wandte er sich zur Seite. Flora aber hatte seinen Schritt vernommen, sie sprang auf und eilte ihm nach durch den weichen Sand.

„Onkel Martin! Oh bitte, warte auf mich! Leonhard möchte so gern mit Dir reden!"

Die Männer saßen beieinander unter dem Boot. Keiner sprach. Beider Augen hingen an der anmutigen Gestalt, die langsam den Strand entlangschritt. Aus den Blicken des einen leuchtete die stolze Freude des Besitzes, der andere sah ihr traurig nach, wie man einem geliebten Toten nachschaut.

Endlich verschwand sie hinter einer Felsecke. Martin wandte sich zu seinem Gefährten und begann mit ruhiger Würde:

„Flora hat mir gesagt", er vermied es, sie jetzt Blümchen zu nennen, „dass Sie sie von uns nehmen wollen. Das kommt mir sehr unerwartet."

„Wohl glaube ich, dass es Ihnen schwer werden muss, sie zu lassen; ich hoffe aber, dass Sie nichts einwenden werden."

Martin sah den jungen Mann ernst an.

„Es klingt vielleicht nicht höflich, junger Herr, aber ich kann mir nicht helfen, recht ist mir's nicht. Blümchen", der alte Name trat unwillkürlich auf seine Lippen, „war meine ganze, meine einzige Freude. Ich wusste wohl, dass sie nicht zu uns gehörte, dennoch aber hoffte ich, dass sie bei uns bleiben würde, wie ja auch die Blumen und die Sonne bei uns bleiben in unserer Abgeschiedenheit hier; das soll nun nicht sein; aber es sei ferne von mir, Sie durch Reden oder dergleichen zu kränken. Ich muss aber wissen, nehmen Sie es nicht übel, das Kind hat keinen weiter als mich, der für sie einsteht, ich muss aber wissen, dass Sie sie nicht betrügen wollen, Sie lieben sie, wie Sie sagen. Sie wollen sie von uns fortnehmen, von ihren Freunden, die sie geliebt haben, seit ihrer schwachen Kindheit, die gern ihr Leben für sie hingäben. Ja, junger Mann, so gern und willig, wie jene Möwen dort hinausfliegen ins Morgenlicht. Wollen Sie ihr treu sein? Ich kann von Ihnen nichts erlangen als Ihr Wort und niemand kann ihr mehr helfen, wenn sie von uns gegangen ist, als Er, der der Vater der Waisen ist."

Der junge Mann ergriff die Hand des Fischers. „Ich verehre Sie hoch für diese Worte! Möge Gott sein Angesicht von mir wenden und mich verlassen in meiner Todesstunde, wenn ich die Liebste verlasse oder vernachlässige, die Sie mir anvertrauen wollen!"

Sämtliche Einwohner des kleinen Fischerdörfchens betrachteten den jungen Fremdling mit unwilligen, beinahe feindseligen Blicken, da er ihnen ihren Stolz, ihren Liebling entführen wollte. So oft aber einer dem alten Martin gegenüber seinem Zorn Luft machte, erwiderte der: „Laßt's gut sein, Maaten, der Herr hat sie uns gegeben, der Herr nimmt sie uns auch wieder; wir können nichts dagegen machen."

In dem kleinen Kirchlein oben auf dem Felsenhang wurden sie getraut. Als aber die Trauung vorüber war, warf sie sich in die alten, treuen Arme, die sie aus den Fluten gerettet und die jetzt unter dem Gewicht ihrer leichten Gestalt zitterten.

„Gott segne Dich, mein Blümchen!", murmelte die heisere, zärtliche Stimme.

„Ich gehe nicht für immer, Onkel Martin!", sagte sie unter strömenden Tränen. „Ich komme so oft ich kann und dann sitzen wir wieder zusammen unter dem alten Boot."

„Wiederkommen willst Du, Blümchen?", entgegnete er leise und mit mattem Lächeln. Und als sie mit Leonhard in den Wagen gestiegen war, der sie zur fernen Hafenstadt bringen sollte, fügte er sanft hinzu: „Das alte Boot und ich, wir werden längst nicht mehr sein, wenn Du wieder einmal hierher kommst, mein Blümchen…"

Eine Woche später dampfte ein prächtiges Schiff aus dem Hafen; auf dem Deck stand eine schöne, junge Frau und blickte mit großen, blauen, tränenschweren Augen nach der in der Ferne verschwindenden Küste zurück. Ihr Gatte stand neben ihr, er trocknete ihr die Tränen von den Wangen, und das Lächeln, mit welchem die scheidende Abendsonne Meer und Land begrüßte, war nicht inniger, nicht wärmer, als das, mit dem Flora zu Leonhard emporblickte.

Erzählte ihr der sanfte Landwind nichts von einem alten Mann, der auf der flachen Klippe kniete wo sie einst gefunden wurde? Nichts von dem Boot, das sich selbst überlassen, führerlos in die See hinaustrieb? Nichts von der Flut, die schwer heranrollte?

Wie schnob der Nachtwind kalt über das Riff!

Erzählte ihr der Mond nichts von dem alten Mann, der sich nur noch mühevoll und verzweifelnd mit erstarrten Armen an den rauen Felsen klammerte, um von der immer höher werdenden Flut nicht in die Tiefe gerissen zu werden?

Ein heimkehrendes Fischerboot ruderte dicht an der schwarzen Kuppe vorüber.

„Halt, Vater, halt! Dort liegt etwas auf der Kuppe." Heinrich Lassens Sohn nahm das graue Haupt sanft in seine Arme. „Es ist Martin, Vater. Der arme, alte Mann!"

Schneller brauste das Schiff durch das nächtliche Meer, mit vollem Dampf und unter allen Segeln. Hoffnung war seine Ladung, Segenswünsche folgten ihm; hinter ihm leuchtete das Kielwasser, als wandelte es auf silbernem Pfad.

„Es wird kalt an Deck, Blümchen; komm hinab in die Kajüte."

„Trag ihn sanft, Heinrich, er kommt wieder zu sich“, sagte der alte Lassen zu seinem Sohn, der den alten Fischer in seinen Armen zur Hütte trug.

Der Mond verbarg sich hinter einer schwarzen Wolke; die Wogen rollten dumpf und donnernd gegen den Strand.

„Halt! … hu … kalt!“, murmelte Martin. „Wo ist Blümchen?“

Lange, lange hatte Martha an seinem Lager gesessen; plötzlich fuhr er mit einem Schrei empor.

„Fort ist sie, Martha!“

Sie lehnte sich auf seinen Arm, und die Sonne schien auf beide herab.

„Der liebe Gott segne sie, alle beide!“

Dann sank er wieder zurück. Der Wind machte sich auf und strich und heulte in den Räumen. Er erschütterte die Hütte bis in ihre Grundfesten. Der Regen peitschte gegen das Fenster und klatschte auf den flachen Steinen vor der Türe. Über den Klippen brüllte und toste die See. Martins Ohr vernahm des Ozeans gewaltige Stimme und er erwachte.

„Es ist so kalt hier …“, murmelte er im Fieber, „ich glaubte nicht, dass die Flut so bald kommen würde.“

Martha legte noch eine schwere Wolldecke auf ihn; er öffnete die Augen und erkannte sie.

„Auch Du hier, Martha? Hier draußen auf der Kuppe? Wie kamst Du hierher? Doch Du hast ja stets treu zu mir gehalten, stets. Du bist ein gutes Mädchen, Martha, ein liebes, gutes Mädchen.“

Er stöhnte ein wenig und schloss die Augen, dann blickte er wieder auf und rief hastig:

„Steck' doch meine alte Kappe auf den langen Pfahl
da! Vielleicht sehen sie uns dann vom Lande!"

Martha holte den Bootshaken, auf den er deutete und
tat wie er verlangt hatte. Dabei liefen ihr die Tränen über
das Gesicht.

Bald darauf schlief er wieder ein.

Draußen schwoll die Sturmflut zu nie gesehener Hö-
he. Eine mächtige Woge erfasste das alte Boot, das so
lange auf dem Strand gelegen hatte und wirbelte es hinaus in die schwarzen Wasser. Martin fuhr aus dem Schlaf
empor.

„Dort kommt ein Boot für mich, Martha! Gib mir
meine Jacke!"

Dann verklärte sich sein Gesicht.

„Das Boot kommt näher, Martha, und darin steht einer mit einem glänzenden Antlitz. Wir haben oft zu ihm
gebetet, es ist der Herr!"

Der Regen lärmte gegen das Fenster, der Wind
stöhnte und hielt mit der See zornige Zwiesprache, die
sich, wie ein unartiges Kind, noch immer nicht beruhi-
gen konnte.

In der Hütte aber war es still. Leise nur schluchzte die
Frau, die vor dem Bett kniete und mit dem Blick lang-
jähriger Liebe auf das bleiche Gesicht schaute, das vor ihr
auf dem Kissen ruhte. Ihre Hände schlossen die Augen,
die im Leben so treu, so freundlich blickten und strichen
das graue Haar von der Stirn, auf der das raue Leben
seine Linien eingegraben. Weicher Friede zog in ihr Herz
und spiegelte sich in ihren harten Zügen, während sie
auf dem stillen Antlitz vor ihr das Lächeln betrachtete,
mit dem der alte Fischer zum Herrn gegangen.

Worterläuterungen

Aureole	Lichterscheinung
Epikureer	Anhänger Epikurs. In negativer Bedeutung im Sinn von ‚Genussmensch‘ verwendet
Fidibus	Gefalteter Papierstreifen als Hilfe zum Anzünden von Feuer
Fleet	Schiffbarer Kanal in norddeutschen Küstenstädten
Grindel	Viertel in Hamburg
Jacaranda	Immergrüne Trompetenbaumgewächse
Janmaat	Seemann, Matrose
Kandidat	Student höheren Semesters
luvwärts	Dem Wind zugewandt
Rah	Segeltragender Bestandteil der Takelage
Riemen	Ruder
Salanganen	Vogelart. Kleine Segler in Indien, Südostasien, Australien
Schauermann	Alte Bezeichnung für Hafenarbeiter
Schoner	Segelschiff mit zwei oder mehr Masten
schralen	Drehen des Windes von achtern nach vorn
Sermon	Predigt
Stutzuhr	Räderuhren mit Federzug, zum Aufstellen auf Tischen, Kaminen oder Konsolen
Tonbank	Ladentisch, Schanktisch